E. Smyth, Alfred de Musset

Fantasio : Phantastische Komödie in zwei Akten

E. Smyth, Alfred de Musset

Fantasio : Phantastische Komödie in zwei Akten

ISBN/EAN: 9783744638029

Hergestellt in Europa, USA, Kanada, Australien, Japan

Cover: Foto ©Andreas Hilbeck / pixelio.de

Weitere Bücher finden Sie auf **www.hansebooks.com**

Fantasio.

Phantastische Comödie in zwei Akten.

Dichtung
(mit freier Benutzung des gleichnamigen Lustspiels von A. de Musset)

und Musik von

E. M. Smyth.

Eigenthum des Verfassers.
Übersetzungsrecht vorbehalten. Nachdruck verboten.
Copyright 1898, by Breitkopf & Härtel.

Personen:

Der König von der Herzegovina.
Der Graf von Croatien.
Marinont, sein Adjutant.
Fantasio.
Danila, Tochter des Königs von Herzegovina,
    mit Croatien verlobt.
Gräfin Anna, Hofdame, früher Gouvernante
    der Danila.
Ein Schulmeister.
Ein Hofdiener.
Ein Mönch.
Der Minister.
Der Notar.
Ein Herold.
Ein Hauptmann.

Bauern, Musikanten, Mönche, Hofleute, Hofdiener u. s. w.

Ort der Handlung: Hauptstadt der Herzegovina.

Zeit: Die Vergangenheit.

Akt I

spielt im Garten des Königl. Schlosses zu Herzegovina, wo zur Feier von Danila's Verlobung Volksfest gehalten wird.

Rosengebüsch, zopfige Figuren, Nymphen und Götter darstellend, Fontänen und Bassins. Männer trinken, Weiber stricken, Kinder spielen. Einige Buben angeln in den Bassins. Links im Hintergrund sieht man von Weitem das Schloß; der Ausgang nach dieser Seite hin ist mit einem Plakat versehen, worauf „Kein Zugang" in großen Buchstaben geschrieben steht .... Rechts ein zweites Plakat — „Nach dem Ausgang' — um 12 Uhr geschlossen".
Während der Vorspiels bleibt der Vorhang geschlossen.

Scene I.

Bauern.

Chor. Heißa! Kinder seht! welch lustige Feier!
Ach! Ist das ein Tag! Ist das eine Feier!
Heda! Füllet die Krüge und schenkt uns ein!
Hoch soll sie leben, Danila lebe hoch!
(Sie trinken.)

Männer. 's ist doch schade um das schöne Kind!

Frauen. Warum denn schad' um das Kind,
Das gerade heute sich verloben soll?

Männer. Wenn nur Croatien des holden Mädchens würdig ist!
Wie man erzählt, ist er weder klug noch schön!

Frauen. Ach Gott! der Männer Eifersucht!
Da hat man's wieder!
Heirathen muß Danila doch!

Männer (untereinander).	So sind sie! Kommen ohne uns nicht aus!
Frauen.	Welche Thorheit! seid doch ruhig! Wir reden nicht von uns, nur von dem Was unter Prinzen und Prinzessinnen der Brauch!
Alle.	Kinder, schaut welch lustige Feier! Hoch soll sie leben, die schöne Danila! Hoch! Hoch! Mag alles Glück ihr beschieden sein!

(Das Volk bewegt sich langsam nach dem Hintergrunde zu. Croatien und Marinoni sondern sich vom Volke und nähern sich einander geheimnißvoll.— Marinoni trägt auf der Brust einen Orden.)

Scene II.

Croatien und Marinoni.

Croatien (sich vorsichtig umsehend).	Jetzo, Marinoni; endlich sind wir allein! In diesem von wimmelndem Volke entheiligten Garten Findet sich kaum ein ruhiges Fleckchen! — Das Incognito leg' ich ein Weilchen ab! Marinoni! du darfst deines Herrn Hand küssen!
Marinoni (überschwänglich).	Ach, mein edler Herr! (Küßt ihm die Hand.)
Croatien.	Marinoni, ich seh' es dir an, du wunderst dich; Neugierde nagt dir das Herz! Wenn du's nur wagtest, so würdest du jetzt mich befragen!
Marinoni.	Dem Scharfsinn meines Herrn zu entgehn ist nicht möglich!
Croatien.	Auch daß du dich wunderst, kann mich nicht wundern! Ich, der Graf von Croatien, als einfacher Reisender verkleidet!

Ich, der erkorene Schwiegersohn des Königs der
                    Herzegovina
Wie ein Bettler in diese Hauptstadt ge=
                    schlichen....
— Keiner empfängt mich! — es schallt keine
                    Trompete,
Kein Hurrah! Kein Heil dir, Croatien....!
. . . .
Ich! der mächtige Graf von Croatien —
Um dessen Freundschaft und Beistand
Ein König wirbt!....

Marinoni (für sich).   Ja, weil du reich bist!
Croatien.   Und du, indeß unter meinem Namen reisend
Als Croatien das Land durchstreifend —
Überall mit Jubel empfangen....!!
            (sentimental.)
Dies zu erleiden befahl mir
Die holde Göttin der Liebe!
. . . .
Daß der König, vom Feind bedroht
Mich zum Schwiegersohn erkor,
Das kann mich nicht verletzen;
Daß aber Danila, als Opfer sich betrachtend,
Nur weil der König mein Geld will,
Nur aus Klugheit mich freien soll,
Das duld' ich nicht!

Dichter, Cavalier, und wohl auch ein schöner
                    Mann,
Croatien hat stets bei den Damen Glück ge=
                    funden!
Auch Danila soll um meinerselber Willen mich
                    lieben!

Marinoni (für sich).   Das hält er für möglich!!

Croatien. Hier kennt mich Keiner —
Die Rolle des Croatien sollst Du übernehmen.
Indeß ich selbst, als einfacher Adjutant,
Verkleidet das Herz erobere der schönen Danila!

Marinoni
(für sich).
Ach dieser Wahnsinn! Solch' ein toller Plan
Soll auf keinen Fall zu Stande kommen!
Verhindern will ich's! .... aber wie?
Ach! diese Narrheit.

Croatien
(für sich).
Die Liebe allein soll siegen! — nur Liebe!

Marinoni
(vorsichtig).
Herr! gestattet Eurem Diener ein Wort!
Höchst romantisch ist wohl dieser Plan:
Doch macht mir eins schweres Bedenken! ....
Wie schrecklich wär' es, wenn die Leute,
Nicht ahnend, mit wem sie zu schaffen haben,
Dem verkleideten Edlen Grobheiten sagen
sollten!

Croatien. Schrecklich, schrecklich wär' mir das!

Marinoni. Mein Herr stelle nur weiter, mit Klarheit die
Dinge sich vor!
Vor mir wird die Garde präsentiren!
Mich wird der König zärtlich umarmen! ....
Ja, sogar Danila die holdesten Blicke ....

Croatien (ihn
unterbrechend).
Genug! ich hielt's nicht aus!
Gieb her den Orden, den der König mir sandte ....
Doch nur ungern verzicht' ich auf den Plan!

(Es treten rasch auf Fantasio und eine Schaar lustiger Mädchen, auch einige
Dorfmusikanten.)

Scene III.

Vorige, Fantasio und Mädchen.

Mädchen
zu Fantasio).
Tanze mit mir! (andere) nein, mit mir doch!

(Croatien und Marinoni versuchen umsonst fort zu kommen: der Weg
wird ihnen immer unbeabsichtigt von der Menge versperrt.)

Fantasio. Ihr Mädchen, mit allen zu tanzen ist schwer!

Mädchen (zu einander). Laß ihn los! zuerst komme ich!

(Sie reißen sich um ihn.)

Fantasio. Erbarmen! Ihr reißt mich, den einzigen Tänzer, in Stücken!

Mädchen. Also im Kreise tanzet; um ihn herum,
Im Kreise geht es ja auch.

Croatien (zu Marinoni). Marinoni! das ist fatal!
Wir kommen nicht mehr heraus.

Fantasio (zu den Mädchen). Schaut! da stehn ja zwei Cavaliere!
Als Tänzer empfehl' ich besonders den Dicken!

(Er geht auf die Herren los.)

Meine Herren! Ich nehme mir die Ehr',
Euch mit den Damen bekannt zu machen!
Sie heißen: Dora, Line, Grete, Clara, Anna,
Johanna, und so weiter!
Und sie wollen alle mit Euch tanzen!

Mädchen. So kommt, ihr Cavaliere, und tanzet mit uns!
Denn auch so giebt's der Frauen zu viel!

Marinoni (für sich). Schön kann das werden, wenn sie darauf bestehen!

Croatien (trocken). Ich tanze nicht!

Fantasio (zu den Mädchen). Ei tausend, ist das ein galanter Herr!

Mädchen. 's ist nicht schwer! wir wollen's Euch lehren!

Croatien (grob). Hab' gesagt, ich tanze nicht!

Fantasio. Das gilt nicht! Kinder, erfaßt ihn!
Laßt ihn hüpfen bis in die Wolken!
Denn tanzen soll er doch!

(Fantasio zwingt den Croatien zu tanzen.)

Croatien.	Frecher Bursche! laßt sofort mich in Ruh'!
	Frechheit sondergleichen ist das!
	Marinoni! wo steckst du? Zu Hilfe!
Fantasio.	Schrei nur und wehr' dich! Zuerst aber tanzen!
	Immer höher! nur im Takt. Eins! zwei! drei!
Mädchen.	Wenn Ihr uns auch verachtet,
	Wollen wir Euch von Herzen verzeih'n,
	Aber tanzen müßt Ihr doch!
	Nun los, er wird es Euch zeigen.
	Bleibt aber im Takte! eins, zwei, drei.
Marinoni (bei Seite).	Das ist herrlich, denn tanzen kann er nicht!
	Aber jetzt muß ich wohl den Armen retten!

(Marinoni stürzt mitten im Tanz hinein und befreit seinen Herrn.)

Fantasio (vom Lachen erschöpft).	Hilfe! ich sterbe!

(Er läßt sich auf die Bank im Hintergrund nieder.)

Mädchen.	Er fällt in Ohnmacht! fächelt ihm!

(Sie fächeln ihm mit ihren Hüten.)

Croatien (außer sich zu Marinoni).	Hochverrath gegen mich selber ist dieses In= cognito!
	Den Plan geb' ich auf!.... her den Stern!
	Sei wieder Marinoni! Ich bin wieder Croatien!
	Werde gleich in eigener Person am Schloß mich melden!

(Croatien verhüllt sich in seinen Mantel und geht mit Marinoni ab.)

Scene IV.

Fantasio, die Mädchen, später der Schulmeister und andere Bauern.

Fantasio.	Wohl ein Verrückter!.... Aber jetzt erzählt doch ein wenig!
	Bin ja fremd hier und weiß von nichts. —
	Also jetzt großes Verhör! Setzt Euch her!

(Die Mädchen lassen sich auf den Rasen nieder.)

	Erzählt mir von der Geberin des Festes, Danila!
	Habt Ihr sie denn gerne?
Mädchen.	Ein Engel! ein wahrer Engel!

Fantasio. Versteht sich! So wird ja stets von jeder Braut erzählt!
.... Und der Bräutigam?.... wohl ein Held ohne Tadel?

Mädchen. Ach! leider nicht! Dick, dumm, und häßlich soll er sein!
Aber reich!

Fantasio. Dieser Engel! wie es scheint, läuft er dem Golde nach!

Mädchen (durcheinander). Ach nein! des Landes Wohl allein ist schuld daran!

(Der Schulmeister tritt auf, mit ihm Männer und Frauen.)

Schulmeister. Pst! Ihr stellt Alles auf den Kopf!
Laßt mich erzählen!
(Zu Fantasio.)
Ich bin der Schulmeister!
Folglich weiß genau ich Bescheid. —
In Balladenform trag ich's Euch gerne vor....

Fantasio. Erzählt, ich bin sehr gespannt!

Schulmeister (Ballade).
Drüben liegt das Land Dalmatien!
Gut Freund mit uns war sein König stets!
Dessen Sohn, der Prinz von Zara,
War schon als kleines Kind
Mit uns'rer Danila verlobt. —
Aber als wilder Bursch entpuppte sich Zara!
Wagte gar seinem Vater zu trotzen!
Faselte immer von Freiheit!
Wollte hinaus in die Welt!
Entsagte seinem Königthum und zog ins Weite.

Chor. Ach Gott, das dauert ja lang!
Das dauert gewiß noch den ganzen Tag!

Fantasio (für sich). Wie sonderbar ist mir zu Muthe!
(Laut). Also weiter!

Schulmeister. Zwei Jahre sind nun vergangen,
Seit dieser Prinz seine Pflicht vergaß!
Vor Kurzem starb sein Vater.
Der Zara kehrte nicht wieder.
So herrscht nun im Lande Gewalt und Willkür!
Ja! sie drohen uns sogar mit Kriegen!
Wir sind arm wie die Bettler!
Reich wie ein Crösus, Croatien
Bot seine Hilfe uns an,
Verlangend als Entgelt nur Danila's Hand.

Chor. Dank dem treulosen Zara muß sie den Andern frei'n!
Der Zara ließ sie im Stich!
Ja! ein trueloser Mensch war der Zara!

(Fantasio starrt vor sich hin, in Nachdenken versunken.)

Schulmeister. Habt Ihr also verstanden?
(Fantasio rührt sich nicht.)
Guten Tag!
(Fantasio wie zuvor.)
— Er ist taub! (Ab.)

Chor. Er steht wie versteinert da!
Wundert wohl über den dummen Zara sich!

Fantasio (heftig). Mit Nichten! Zara hat recht gehandelt,
Wenn die Freiheit ihm über Alles ging.

Chor. Wie weiß er denn das?

Fantasio. Mein Vater war längere Zeit am Hof —
Hoch angestellt — Thurmwächter! —
Und ich sag' Euch, wahrlich so ein Kronprinz
Hat ein schweres Leben!
Eingeschränkt, zurückgehalten, immer bewacht,
Ein Sklave seiner Pflicht!
Gern will ich arm, gern ein Bettler sein,
Bewahr' ich mir nur das Beste — die Freiheit!

(Lied.)*)
Reit' ich kein Sattelpferd
Brauch' ich keinen Zaum,
Und die Peitsche pflück ich mir
Aus dem Weidenbaum!
Nachts wenn es dunkelt
Stürmt es und rast!
Mein ist das beste Pferd
Das die Wiese grast! —
Rapp', reck' die Hufen aus!
Flieg' wie der Wind!
Trag' mich durch Sturm und Nacht
Bis zum liebsten Kind!
Weißt du wie's Fenster klirrt
Bei der holden Maid?
Spring' ich bei der Liebsten ein
Spring' du auf die Weid'!
Lustig ist das Leben
Ohn' Zügel und Zaum!
Vögel pflücken Kirschen —
Wem gehört der Baum?

Ja! — es lebe Natur und Wahrheit!
Seht nur hier die Steinbilder an,
Wie steif, wie geziert, wie dumm schau'n sie
       drein!
Und das sollen Bilder der Natur sein!....
Die Armen! einst waren sie Menschen!!
Dem helfen wir ab! — Mein schönes Kind,
Dein Mantel sei der Dame hier geweiht,
Und auch der Regenschirm!.... — so ist's recht!
(Er putzt die Statuen mit Kleidungsstücken der Bauern aus.)

Chor. Paß' nur auf, du kommst sicher in's Loch!
Es kommt gewiß die Polizei! paß' auf!

---

*) Nach Klaus Groth.

Fantasio. Meinetwegen! fürchte mich nicht vor der Polizei!
(Ein **Hofdiener** kommt herein: er ist etwas angetrunken. Mit einem Schrei verschwindet das Volk. Fantasio bleibt ruhig stehen und betrachtet die Statuen mit Wohlgefallen.)

Scene V.

Fantasio, ein Hofdiener, später Mönche, Herolde und Bauern.

Hofdiener. Wer hat dies gethan?
Fantasio. Ja, wer in Schenken hockt
Verpaßt wohl die Pflicht!
Hofdiener. Frecher Bursche!
Wer dieses gethan hat krieg ich heraus noch!
Um 12 wird geschlossen! Dort steht die Garde!
Wartet schon auf Dich!
Fantasio. Ach wie freundlich!
Hofdiener (die Steinbilder entkleidend, und die Kleidungsstücke auf den Boden werfend). Wenn du der Kühne gewesen....
....Ja! lach' drauf los! —
Denn balde geht's in den Thurm! (Ab.)
Fantasio. Also vielleicht auf Wiedersehn!....
(ihm nachrufend). . . . .
Aber — aber — wenn das bekannt wird, schöne Geschichte!
„Der Prinz von Zara wurde wegen Majestäts-
beleidigung
Am Festtag arretirt!"....Ach! ich muß lachen!...
Doch fangen laß' ich mich nimmer!
Nur geschwinde wo anders hinaus!
(Ab rechts — kommt gleich wieder.)
Hier ist der Weg versperrt....
Dort geht's ja nach dem Schloß....
(träumerisch)
Alt vertrauter Weg....!
Danila möcht' ich nur einmal wiedersehn!
Freundin der Jugend.... der Kindheit!
(Mönche mit Gebetbüchern zieh'n singend vorbei.)

Mönche.	Requiem aeternam.... dona eis Domine.
Fantasio (zu einem Mönch).	Was ist denn das? sag' Freund —
Ein Mönch.	Den alten Jacko begraben wir. —
Fantasio.	Und wer war Jacko?
Mönch.	Wer seid Ihr vielmehr, daß Ihr nie von Jacko Des Königs Narren gehört!
Fantasio.	Ei! was Ihr sagt! Der Hofnarr todt —! Und wer folgt ihm im Amte? Wohl der Graf von Croatien!
Mönch.	Das Amt ist noch immer unbesetzt! Meldet Euch gleich! (Ab.)
Fantasio.	Als Hofnarr soll ich mich melden?!! Der Gedanke ist nicht schlecht! (Nach dem Ausgang deutend.) Dort werd' ich arretirt! Meld' ich mich aber als Narr, Geht's hier (deutend) zum Schloß hinauf! Glückt mir der Plan, so seh' ich wieder Danila!

(Herolde und Trompeter treten rasch auf: Fanfare.)

Herolde.	Die Herrschaften kommen sogleich! Rasch, Alle hinaus! räumt den Garten!

(Ab. Die Bauern treten wieder auf, um ihre Kleidungsstücke zu holen. Fantasio geht langsam hinten ab.)

Chor.	Und nun geschwinde fort! sonst wird's zu spät. 's ist höchste Zeit!
Männer.	Da geht ja Euer Freund!
Mädchen.	Heda, Fantasio! dort geht's nicht hinaus!
Fantasio (stolz).	Ich gehe stracks zum Schloß hinauf, Und melde mich dort als Hofnarr! Lebt wohl, Kinder!
Chor.	Als Hofnarr! hahaha, ich gratulire! leb wohl! — Und nun geschwinde fort, 's ist höchste Zeit.

(Fantasio verschwindet in der Richtung des Schlosses, die Bauern ziehen langsam ab.)

Herolde (hinter der Scene). Die Herrschaften kommen sogleich! Rasch Alle hinaus! Räumt den Garten!

(Die Scene ist nun leer.)

Zwischenspiel.

Scene VI.

Danila und die Gräfin Anna.

(Lied.)*)

(1)

Danila (hinter der Scene).

Über die See, komm über die See!
Mein du in Sonnenschein, Sturm und Schnee!
Stunde sie rollt, doch Treu ist wie Gold,
Treu bleibt dieselbe wo immer sie geh'!
   Das Schicksal mag wettern,
   So du nur mein Licht bist!
   Wo du bist ist Leben,
   Und Tod wo du nicht bist!
Über die See, komm über die See,
Komm, wo immer der Sturmwind weh'!

(Danila tritt auf: bald nach ihr die Gräfin Anna.)

(2)

War nicht die See für die Freien von je,
Land nur für Schranzen und Knechte allein?
Der Ketten nun los, auf der Wogen Schoß
Lieb' wird und Freiheit all' unser sein!
   Keine Zunge mehr sticht
   Und kein Blick mehr erschaut uns,
   Die Erde vergessen,
   Nur Himmel umblaut uns!
Über die See, komm über die See!
Komm, wo immer der Sturmwind weh'!

Gräfin. Aber Kind! immer wieder das traurige Lied! Und dazu noch mit Thränen begleitet!

Danila. Jacko liebte das Lied! Wie soll ich anders als singen und weinen!

---

*) Irische Volksmelodie: Übersetzung des Textes von E. B.

Gräfin. Ja! der arme Jacko! (seufzt) ja! ....
War in letzter Zeit doch
Ein rechter Grobian geworden!

Danila. Wie er dachte, so sprach er auch!
Drum war er an Feinden reich —
Ach! — an Schmeichlern fehlt es nie....
Und er, der Einzige der bei aller Liebe
Die Wahrheit mir sagte, ist todt!

Gräfin. Aber Kind, auch ich liebe dich,
Und sag Dir Wahres stets!

Danila. Ach gute Anna! nur allzusehr
Hast du mich von Kindheit an verwöhnt!

Gräfin (neckend). Das Amt dich recht zu verzieh'n
Fällt nun deinem künftigen Gatten zu!

Danila (leidenschaftlich). Ach! dieser Gatte....!
Laß mich mit diesem aufgezwungenen Gatten in Ruh'!
Ob der mich verwöhnt oder nicht ist mir gleich!
Wie alle Welt erzählt, soll ein lächerlicher Geck er sein!

Gräfin. Bis vor Kurzem war Croatien uns feindlich gesinnt;
Dem Feinde schmeichelt doch Keiner.

Danila (Briefe aus der Tasche ziehend). Nennt sich noch in den Briefen „der Dichterfürst"!
Hier hast Du den Kram!
Lies nur selbst und mach' mir nichts vor!
(Versinkt in Traurigkeit.)

Gräfin (für sich). Armes Kind!.... ach!
. . . .

Danila (liebevoll). Anna, sei mir nicht böse!
Ich mein's doch so gut mit dir!
.... Werde jetzt dem armen Jacko einen Kranz
Und ihn beweinen. [winden,

(Sie fängt an Blumen zu pflücken. Indessen tritt Fantasio unbemerkt aus dem Hintergrunde hervor; er ist in Narrentracht. Er versteckt sich hinter das Gebüsch.)

Scene VII.
Vorige, Fantasio.

Fantasio
(für sich).
Danila!.... wie lieblich, wie wunderschön....!
Träume der Kindheit kehren wieder!
Sollt' es Liebe sein?

Danila
(für sich).
Ach ich Arme!....
Träume der Kindheit, kehrt mir zurück!

Gräfin
(für sich).
Ach, das arme Kind!....
Keine Rettung giebt's! nichts zu hoffen —
Wie machtlos ist die Liebe!

Fantasio
(für sich).
Wie traurig steht sie da!

Danila. Anna! erinnerst du dich noch des kleinen Zara?

Fantasio (für sich). Was' hör ich!

Gräfin. Ja wohl.... ein reizender Bub'!

Danila. Nicht wahr!

Gräfin. Ich seh' noch an dieser Stelle Euch balgen!

Danila. Balgen?.... Wir liebten uns heiß!

Gräfin. Rauftet Euch dennoch recht viel!
Weißt Du noch, wie er die Puppe
Auf jenem Baum erhängte!

Danila. Ja! aber wie lieb er um Verzeihung bat!
„Höre", sagt der Junge, „König werd' ich
einst werden,
„Schenk' dir dann Puppen so viele du willst!
„Eins nur gönne mir jetzt.... nur Eins...."

Gräfin. Und was war das?.... So sprich! — gesteh's!

(Fantasio, der mit wachsendem Entzücken dem Zwiegespräche gefolgt ist, tritt nun vor, sich ganz vergessend, schaut Danila entzückt an. Beide Damen schreien laut auf.)

Fantasio
(leidenschaftlich).
„Ach.... nur einen Kuß!!"
. . . .

Gräfin (zu Danila, erschrocken). Der ganze Jacko!

Danila. Wer seid Ihr? Wie könnt Ihr's wagen
Als Jacko Euch zu verkleiden?

Fantasio (im Narrenton). Heiße Fantasio — Bin der neue Narr —
Die Gewänder von Jacko probirt' ich —
Und siehe! sie paßten!....
Nur aus Sparsamkeit nahm man mich an!
Hab' schon die Ehre gehabt, Majestät zu er-
heitern.
Hoff' auch hier auf dasselbe Glück.... bei Euer
Hoheit!
(Sieht sie bewundernd an.)

Danila (kalt). Was Humor anbelangt ist der König bescheiden!
Ich komme nur schwer zum Lachen,
Und auf Commando lach' ich nie!

Fantasio (leicht). Das bring' ich Euch schon bei!
Unsereins muß es können, für den Fall
Daß die Herrschaften Witze zu machen geruh'n.
Wie man aber auf Commando zur **Liebe** sich
zwingt,
Lernt der bewundernde Narr bei der Prinzessin!
(Verbeugt sich tief, hebt eine liegengebliebene Kinderangel auf, setzt sich an
den Rand eines Bassins, fängt an zu fischen.)

Gräfin (zu Danila). Gieb' Acht! der Mann wird frech!

Danila (zur Gräfin). Laß nur sein! das darf ja der Narr!....
Denk' dir, Anna! er gefällt mir doch!
(Sie sieht ihn mit Wohlgefallen an.)

Gräfin (für sich). Auch mir!.... Schön, vornehm und klug....
Tritt doch als Narr auf!....
Am Ende eine Verkleidung!

Danila (zu Fantasio). Sag' Narr, was angelst du da?

Fantasio (mit Nachdruck). **Wahrheit** will ich fangen — doch zumeist
Pflegt sie gern in die tiefste Tiefe zu flüchten,
Nicht wahr....?

Danila (traurig).	Ach leider, nur zu wahr! O Narr! Erzähl' mir was Neueres! Zerstreuung bedarf ich! Hol' nicht die Wahrheit herbei, Ich mag sie nicht seh'n. Ach!.... nur nicht denken darf ich!
Fantasio (für sich).	Wie lieblich ist sie!.... Doch ach, wie blaß, wie traurig! —
Gräfin (mahnend zu Danila).	Danila, nimm dich zusammen!
Danila (gleichgültig, zu Fantasio).	Bin heute schlechter Laune — weiß nicht warum!
Fantasio (für sich).	Schad' um das arme Kind....! Wie ein Engel so rein, ach Jammer!
Danila (für sich).	Nichts ist zu hoffen, bin verloren!
Gräfin (für sich).	Armes Kind, keine Rettung giebt's.... Ach Jammer!
Fantasio (leicht).	Erzählen soll ich? Kennt ihr das Lied Vom Paradiesvogel?

(Danila schüttelt den Kopf.)

Nun wohlan!.... gebt nur Acht!

(Ballade.)*)

(1)

Es lebte einst ein buntes Vöglein
In goldnem Gitterhaus,
Die Königin mit eignen Händen
Füttert's jahrein, jahraus.
    Da trat ein Page zum Käfig:
    „Du armes Vögelein!
    Was wär' ich ohne Küsse?
Und du, du sitzt in deinem Haus allein,
Kein Lieb, kein Nestchen nennst du dein!"

---

*) von E. B.

Danila (für sich). Du armes Vögelein! wärst du nur frei!
(2)
Er schiebt zurück den goldnen Riegel,
Ruft leise dem Vöglein zu:
„Deine Schwestern bauen schon im Walde,
Heraus und bau' auch du!"
Da hebt sich spöttisch das Köpfchen,
Bunt strahlend im Sonnenschein:
„Was Wald und Freiheit und Liebe —!
Wie lebt sich's hinter goldnen Gittern fein!
Thörichter Knabe, laß mich allein!"

Danila (für sich, bitter). Ungerechter Narr!
. . . .
(Danila und Fantasio sehen sich lange an. Indessen ist Gräfin Anna nach dem Hintergrund gewandelt, fährt auf und kommt aufgeregt auf Danila zu.)

Gräfin. Himmel! der König! und mit ihm noch ein Herr!
Der Graf von Croatien gewiß!

Danila (erregt). Was sagst du!

Fantasio (für sich, Croatien erblickend). Wie! Der Tänzer von
heute früh war also Croatien!
.... Die Arme! ....
(Der König, Croatien und Marinoni treten auf.)

Scene VIII.

Vorige, der König, Croatien, Marinoni.

König. Ha! da seid Ihr nun endlich! (vorstellend)
Graf, meine Tochter; Danila,
Der Graf von Croatien wünscht
Dir seinen Gruß zu bringen!
(bei Seite zu Danila, die den Grafen mit Entsetzen betrachtet)
Was ist das! reich' ihm die Hand!
Heiße willkommen den Bräutigam!

2*

Danila (bei Seite, entsetzt). So sieht er aus!
Croatien. König, erlaubt!
(zu Danila)
Von dieser Schönheit fast überwältigt,
Begrüßt der Dichterkönig seine Holde!
Aber sie, von dieser brennenden Liebe versengt,
Läßt scheu die Augenlider sinken,
Versteckt sich unter Rosen .... und verstummt!
Danila (kalt). Da irrt ihr Euch!
Wenn ich Euch nicht entgegen kam,
Schreibt's der Überraschung zu.
Dieser Garten ist mein Heiligthum;
Hier empfing ich Fremde nie.

Gräfin (mahnend). { Der König blickt dich wüthend an.
Croatien (zu Marinoni). { Was ist das für ein Empfang!

König (beschwichtigend). Das Morgenkleidchen geniert sie!
Frauen sind eitel! (bei Seite, zu Danila) Danila!
Begrüß' deinen Bräutigam mit Höflichkeit und Liebe,
Sonst, beim Himmel, wirst du gleich ins Kloster geschickt!

Danila (zur Gräfin). Weit lieber ins Kloster möcht' ich geh'n!
Gräfin (zu Danila). Vom Kloster rede nicht, und sei vernünftig!
Croatien (sehr beleidigt). { Sieh doch, Marinoni, diesen Stolz!
Marinoni. { Ach Herr, das ist nicht so gemeint,
Ihr werdet schon sehen!

Fantasio (für sich, schwärmerisch). { Ach, wie hold dieser Blick!
Diese leuchtenden Augen....!
König (wüthend zu Danila). { Wage nicht, dem Vater zu trotzen!
Das gelingt dir nie.

Fantasio (ironisch zu Croatien). Überrascht, verblüfft, überwältigt
Von dem Anblick solcher Majestät,
Vermag die Prinzeß kaum sich zu fassen!

Croatien (zu Fantasio). Das hab' auch ich gemeint! sie sagte aber Nein!

Fantasio. Das hat nichts zu bedeuten!

Gräfin (leise zu Danila). Liebe Danila, der König wird böse,
Nimm dich zusammen!

Danila (leise zur Gräfin). Ach! dieser Mensch ist mir entsetzlich!

König (für sich). Ganz unerhört, dieser freche Trotz!
Strafe soll sie treffen!

Croatien. Verzeiht, o Holde, diesen Einbruch!
Meine Ungeduld vermocht' ich nicht zu be=
meistern!

Danila (etwas höflicher). Ei gewiß, nur hat's keine solche Eile,
Da unser Hausminister noch nicht zurückge=
kehrt ist,
Und jeden Staatsvertrag muß der unter=
schreiben —
Sonst gilt's leider nicht!

Croatien (verblüfft). Was hör' ich.

König (verlegen). Ich sandt' ihn über's Meer
In dringenden Geschäften —
Die See war ihm feind,
Drum kommt das Schiff vermuthlich etwas
verspätetan!
Kurz, der Minister kann heute Abend erst hier sein!

Croatien. Wie? Heute Abend erst hier sein?
Sehr sonderbar!.... meine Würde ist verletzt.
Croatien auf einen Minister warten!!!
Das fehlte noch!!

König (beschwichtigend). Aber, lieber Freund,
Herr des Wetters bin ich nicht!

Sobald es Euch gefällt geh'n wir zu Tisch —
Derweilen soll der Narr uns Allen Kurzweil
verschaffen —.

Fantasio. Ach König, seit der Graf erschienen
Ist meine Rolle überflüssig geworden.

(Allgemeine Bestürzung.)

Danila (rasch hereinfahrend). Natürlich, weil auch ohne Narr'n
Wir schon so heiter sind!

König. Recht hat der Narr! und jetzt zu Tische!
Besiegeln wir den Bund
Bei einem Glase Malvasier!

Marinoni. Gnädiger Herr! voran doch! —
Geschlossen ist der langersehnte Bund,
O welch' freudenvoller Tag!

Danila
(für sich). Dieser Mensch ist unerträglich!
Wie ist Alles mir einerlei! Voran!
Führt mich, wohin Ihr wollt!
O Jammer, ich halt' es nimmer aus!
Also fort von diesem Ort! So geh'n wir!

Gräfin (zu Danila). Also hinweg! fasse nur Muth!
Nimm dich zusammen, Kind!
Der Graf von Croatien ist ja wieder guter
Laune,
Am Ende wird vielleicht noch Alles gut.

Fantasio
(für sich). Das ist zu arg, eine Schande!
Geschlossen ist der unerhörte Bund.
Frevelhaft kommt es mir vor!
Dem Bräutigam fehlt die Geduld!
Wohlan, so geh'n wir!

König. Seid wieder gut mein bester Graf,
Und nun voran, laßt uns zu Tische geh'n!

Croatien. Bin wieder gut! laßt uns zu Tische geh'n!

Beide. Ganz einig sind wir nun:
Geschlossen ist der frohe Bund!
(Alle ab.)

Vorhang.

Akt II.

Großer Festsaal im Schlosse: links ein Podium mit Thron-Sesseln: rechts Fenster und ein Ausgang. Längs des Hintergrundes läuft eine wandartige Decoration mit offenen Nischen, die mit kleinen Vorhängen versehen sind: In der Mitte ein offner Thorbogen. Hinter dieser Decoration ein Corridor mit Fenstern, die nach dem Schloßhof gehen. Während des Vorspiels bleibt der Vorhang geschlossen.

Danila und die Gräfin kommen hereingestürzt. — Danila hält in der Hand den von der Gräfin empfangenen Brief. — Beide sind freudig erregt.

Scene I.

Danila und Gräfin Anna.

Danila. Du rasest!
Gräfin. Hier steht's doch schwarz auf weiß!
(liest) „Heut' ist der Graf in Verkleidung abgereist,"
Danila [lesend] „Wird auch gewiß verkleidet werben!" . . . .
Gräfin. Und der dicke Herr
Ist also nicht der Bräutigam!
Danila. Und du meinst der Graf von Croatien
Ist der neue Hof-narr! . . . Anna! . .
Heute früh im Garten war mir gleich so zu Muth . . . .
Wie soll ich dir's sagen?
Gräfin. Kann mir's schon denken!
Danila. Ach Anna! ich sterbe vor Freud'! . . .
Wüßt' ich nur den Grund dieser Verkleidung!
Wozu von Jenem um mich werben lassen, sag'?
Gräfin [schlau]. Das kann ich dir erklären!
Leicht wär's gewesen, als Croatien dein Herz zu erzwingen,
Doch hofft er verkleidet dieses Herz zu gewinnen!

Danila.	Recht haſt du gewiß! gleich fing er an
	Mir den Hof zu machen! haſt du's gemerkt?
Gräfin.	Gemerkt! das war nicht ſchwer!
	Aber erſt ſpäter hätt'ſt du ihn nur gehört!
	Geſchimpft und gewüthet hat er über uns Alle:
	„Wie!" ſagt er, „dieſen Engel
	Gebt Ihr ruhig dem Jammer Preis!
	Schämt Ihr Euch denn nicht?"
Danila (entzückt).	Weiter!
Gräfin.	Dann fing er an zu ſchwärmen! „Ach", ſagt er,
	„Dieſe blendende Schönheit! dieſe blühende
	Jugend....!!"
Danila (übermüthig).	Warte! Die Rache bleibt nicht aus!
Gräfin (ängſtlich).	Ach Gott, was wird nun?
Danila (wie vorhin).	Rathe was ich jetzt thue?
	Nichts darf der König noch ahnen!
	Zum Beſten hat der Narr mich gehabt —
	Nun wird er im eignen Netz gefangen!
	Ich ſtelle mich in den Dicken verliebt..!!
	Mach' ihm ſo lange den Hof, bis Fantaſio,
	Von Eiferſucht verzehrt, ſich entpuppt,
	Als Croatien ſich bekennt!
Gräfin (entſetzt).	Himmel! Nein! thu' das nicht!
	Das endet gewiß ganz ſchlecht!
Danila.	Ach geh! Das endet gewiß in Seligkeit,
	Wenn man ſich liebt!.... Anna!
	Vor Freude verliere ich die Sinne!
	Stell dir ſeine Verwirrung, ſeine Wuth nur vor!
Gräfin.	Gewiß wird der König böſe ſein!
	Ach Gott, dieſer Übermuth!
	Laß es doch ſein! es geht zu weit!
Danila.	Fällt mir nicht ein!
	Ach, wie herrlich iſt die Rache!

Danila. Du siehst, ich bin entschlossen!
Hol' mir den sogenannten Fantasio!
Sollst sehen, wie ihm jetzt geschieht!
Doch halt, Anna! .... kann man's glauben,
Daß er mich jetzt schon liebt?

Gräfin (sentimental). Sei ruhig! Da bin ich bewandert! (Ab.)

Scene II.

Danila allein.

Danila. Amor steht an des Herzens Pforte,
Leise pocht er schon an und fleht um Einlaß!
Bittet so süß und dringend....
Laß herein nicht den Bösen, denn sicher
Verscheucht er deinen Frieden, deine Ruhe!
Aber, wem gelingt es wohl, ihm zu entgehen?
Schon öffnet selbst er die Thür,
Leuchtenden Blickes steht an der Schwelle er,
Dringender rufend: „Mach' mir auf! mach'
                       mir auf!
Sei es für Wonne oder Schmerz,
Ich bin die Liebe — laß die Liebe herein!
Will bei dir weilen, — weilen bei dir!"
. . . .
So komm herein!
Sei mein Lebenslicht, mein ganzes Sein!
Sei's auch für Jammer oder sei's für Wonne—
Harre nicht an der Schwelle,
Ist ja doch Alles bereit, dich zu empfangen,
Herein und weile bei mir!
Ach heiß Ersehnter, herein,
Herein! und weile bei mir!

(Fantasio und die Gräfin treten auf.)

Scene III.

Danila, Gräfin und Fantasio.

Danila (für sich). Da kommt er ja! ich bin ganz verlegen!....
(Zu Fantasio.)
Herr Narr! warum so verdrießlich?
Fantasio. Verdrießlich?.... nicht daß ich's wüßte!
Danila. Ja wohl! leugn' es nicht.
Fantasio. Wie also soll ich mich verhalten?
Danila. An meiner Freude nimm doch Theil!
Fantasio (für sich). An ihrer Freude....! Armes Kind!
Wie tapfer spielt sie Komödie!
Danila (zu der Gräfin, leise). Wie tief elegisch blickt er mich an!
Gräfin (zu Danila, leise). Ja ja! aber jetzt wär' es besser
Der Geschichte ein Ende zu machen.
Fantasio (für sich, feurig). Für diese Holde wär' ich fast bereit
Die Freiheit zu opfern!
Gräfin (zu Danila). Laß es doch sein!
Danila (zur Gräfin). Er glaubt's noch nicht! paß auf!
(Zu Fantasio.)
Mein heißgeliebter Bräutigam ist Dichter....
Fantasio (für sich). Nun spielt sie die Rolle zu stark!
Danila. ....und oft, wie alle Künstler, ein wenig ver=
stimmt;
Fantasio. Das kann ich mir denken!
Danila. Da bitt' ich dich, sei lustig,
Um ihn zu erheitern.
Fantasio (für sich, gereizt). Nein! Das geht mir zu weit,
Ich verliere die Geduld!
Hab' doch Augen im Kopfe.
Gräfin (zu Danila, leise). Hör' doch auf! Er wird böse!
Danila (zu Fantasio, sehr innig). In seinem Glücke liegt das
Meine,
Wie sich's versteht, nicht wahr?

Fantasio (mit wachsender Unruhe für sich). Wie strahlt ihr das Auge!
Das ist keine Verstellung!
In Croatien verliebt? .... unmöglich scheint mir das!

Danila (zur Gräfin). Wie ergötzlich! ach, Anna! schau ihn nur an!
Gräfin. Hör' doch auf, er wird böse, schau ihn an!
Danila (wie für sich). Mir ist so leicht um's Herz,
Kann kaum mich fassen!

Fantasio (immer unruhiger). Diese Heiterkeit ist echt!
Ich versteh' es nicht! Himmel! kann es wohl sein,
Daß sie in den gräßlichen Menschen sich dennoch verliebt?

Danila. Anna, schau ihn doch an,
Ganz irre ist er geworden!
Gräfin. Nein, es geht mir zu weit....
Ich bitt' dich, hör' auf mit dem Spaß.
Sag' ihm Alles und sei mit ihm gut.

(Der König erscheint plötzlich im höchsten Zorne.)

Scene IV.

Vorige, der König, später der Minister.

König. Danila, ich bin sehr unzufrieden mit dir.
Wie wagst du nur, den Bräutigam so zu behandeln?
Kein einzig Wort hast bei Tische du zu ihm gesprochen,
Was soll das heißen?
Danila (in verstellter Verlegenheit). Ist es denn eine Sünde, zaghaft, bescheiden zu sein?
König (wüthend). Bescheiden?! Trotzig bist du, und eigensinnig!

Und noch dazu romantisch, Dank deiner Erziehung! —
Ganz wie eine Bürgerstochter faselst du oft von Liebe!
Was hat eine Prinzeß mit der Liebe zu schaffen?
Ob der Bräutigam liebenswerth oder nicht,
Das bleibt sich gleich! —
Wage nicht, dem Vater zu trotzen!

Danila. Ach, lieber Vater, du irrst dich!
Mein Wort darauf! Hör' mich nur ruhig an!
Deinem Willen füg' ich mich stets mit Freude,
Aber nie so gern wie jetzt — denn, Vater,
Mit diesem Willen geht meine Neigung
Ganz Hand in Hand!

Fantasio (für sich). Soll ich den Ohren trauen?

Danila Ja wenn ich selber hätte wählen dürfen,
Hätt' ich nicht anders gewählt!....

Fantasio (für sich). Ob ich träume —?

König (mit schlecht verhehltem Erstaunen). Der Bräutigam gefällt dir also?

Danila (innig mit Seitenblick auf Fantasio). Ach, so sehr!

König (für sich). Das Weib ist ein räthselhaftes Geschöpf!
Gräfin. Mir gefällt die Sache gar nicht!
Danila (zur Gräfin). Ach bist du ein schwerfälliger Kopf!
Fantasio (für sich). Das Weib ist ein räthselhaftes Geschöpf!

König. Nun! wenn er dir gefällt, desto besser!
Mach' es nur mit Croatien wieder gut,
Denn er war tief verletzt.

Danila. Das überlaß nur mir!... Warte nur!
(Fanfare aus der Ferne.)
Was ist denn das?

Alle. Der Minister wird's wohl sein!
(Der Minister stürzt herein, kniet vor dem König.)

König. Da seid Ihr nun endlich!
Schlecht war wohl die Fahrt?

Minister. Ach Majestät, und wie!
Kaum gelang's mir Schiffer zu finden
Die auf's Meer sich wagen wollten!
Umsonst war das Flehen und leer die Tasche!
Erst gestern legten sich ein wenig die Wellen....

(Croatien und Marinoni treten auf.)

Scene V.

Vorige. Croatien, Marinoni.

Croatien (wüthend, zu Marinoni). Schau doch! Das geht mir
zu weit!

König (verwundert). Was ist geschehen?

Croatien. Schlecht wurd' ich von Euch empfangen!
(zum König). Auf einen Minister hab' ich warten müssen.
Kommt er nun an, giebt sich kein Mensch die
Mühe,
Mir diese Ankunft zu melden, wie sich's gehört
doch!

König (gereizt). Erst soeben traf er ein!
Noch schallen die Trompeten!

Croatien. ⎧ Ist das eine Art, den Croatien zu behandeln!
Danila (zur ⎪ Du siehst ja! verletzt soll der Werber sich
Gräfin). ⎨ stellen!
 ⎩ Den ganzen Plan durchschau' ich!

Gräfin. Jetzt aber genug, du gehst viel zu weit!

Fantasio. Bin ich denn rasend oder im Traum?

König (für sich). Dieser Mensch!! Ich verliere bald die Geduld!

Croatien (in höchstem Zorn). Achtung kann ich wohl verlangen!
Sonst sucht einen Anderen als Freund zu ge-
winnen!

Danila (zu Croatien).
Ach! nicht so hastig! Habt Nachsicht!
Vorhin war ich verlegen! Hört mich an!
(bei Seite zur Gräfin)
Wie gut spielt der Alte Comödie!
(zu Croatien)
Wenn ich vorhin des Herzens Stimme schweigen hieß,
So soll sie nun reden,
Verrathen, wie mir zu Muthe ist! (dringend)
Soll ich länger noch warten?
Es ist alles bereit!
Zögert nicht länger!
Vollendet mein Glück sofort!

Marinoni (für sich).
Nun bekommt sie doch einen Schreck,
.... „Habt Nachsicht!"....
„Verlegen!" ach,'s ist rührend!
Wie gut spielt die Holde Comödie!
. . . .
(Croatien betrachtend)
Er geht auf den Leim!
So wahr ich lebe, er glaubt's!
Glaubt, daß sie ihn liebt!

Gräfin (zu Danila). Danila! Bist du ganz verrückt geworden, sag?
Danila (zur Gräfin). Bald muß er sich bekennen!
(zu Croatien)
Ach, meine Bitte schlagt nicht ab!
König (zu Croatien). Nun! Ihr seht's ja!
Ihre Bitte schlagt nicht ab.
Croatien (zu Marinoni). Siehst du wohl! jetzt wird sie weich!
Ach! wie lieblich weiß sie auch zu bitten!
Fantasio. Gleich ihr Glück vollenden! Sie liebt ihn fürwahr!
Verzaubert ist das arme Kind gewiß!

Croatien (für sich).
Ach! wie werd' ich geliebt!

Marinoni (für sich).
Er glaubt es wahrlich, daß sie ihn liebt!
O Eitelkeit! dein Nam' ist Croatien!

3

Croatien (zu Danila).	Wenn aus schönem Munde solch' eine Bitte erklingt,
	Ruft, von Verlangen glühend, der sel'ge Croatien:
	„Es sei! Holt gleich den Vertrag!"
Gräfin.	Ach, Danila, das endet schlecht!
Danila (für sich).	Gar weit geht der Spaß!
	Wann wird er wohl reden?
König u. **Marinoni.**	Ach Freund } wie glücklich bin ich!
	Ach Herr
Croatien	Ich weiß mehr!
Fantasio (für sich).	Nein, es darf nicht werden!
König.	Erst ruft mir den ganzen Hof!
	Meldet's dem Volke,
	Geschlossen wird jetzt das Bündniß mit Croatien!
Gräfin (zu Danila).	Nun siehst du wohl!
	Ich hab's gesagt, wie soll das enden!
Fantasio (für sich).	So wird es also Wahrheit? nein! es soll nicht sein!
Marinoni (für sich).	Nun wird das Bündniß also geschlossen!
Danila (trotzig, zur Gräfin).	Ich führ' es durch! und bis zu Ende!
Croatien u. **König.**	Sofort an's Werk! Alles ist bereit!
Stimmen (hinter der Scene).	Herbei der ganze Hof!
Danila (zu Croatien).	Also mein Herr, auf Wiedersehen.
	(zur Gräfin)
	Aber jetzt bald muß er sich als Graf bekennen!
	Also wart es nur ab.
Gräfin (für sich).	Ach Gott, was hat der Narr wohl vor?
	Vielleicht geht er ruhig fort —
	Läßt sie im Stich! so wird's auch sein!

Fantasio (für sich).	Was soll ich denken und wie auch handeln,
	Denn eins ist ja klar — sie liebt ihn sehr!
Marinoni (für sich).	Nun kommt die Frage, wie lange wird die Holde
	Komödie spielen? Das dauert gewiß nicht lang!
Croatien.	O freudevoller Tag, also voran!
König.	Nun lieber Freund voran!
	Bald wird der Bund geschlossen.

(Die Herrschaften ziehen ab. Danila wirft einen Blick, halb trotzig, halb ängstlich auf Fantasio. Er merkt es nicht, bleibt zurück, starr auf den Boden blickend: Hofbediente fangen sofort an, den Saal herzurichten.)

Scene VI.

Fantasio.

Fantasio (außer sich). Was nützt mir's, wenn ich sage,
Daß ich Zara bin, da sie ihn liebt!....
Unmöglich, lächerlich will ich ihn machen
Vor dem ganzen versammelten Hofstaat!
Mein soll sie werden! das schwör' ich!

(Stürzt ab. Diener haben einen großen Tisch im Vordergrund hergerichtet, wo später der Kontrakt unterzeichnet werden soll. Soldaten kommen langsam herein und stellen sich im Saale auf.)

Scene VII.

Eintritt des ganzen Hof-Staates.

Soldaten (auftretend). Kriegsgefahr wieder vorbei,
Da ruhen die Bürger in Frieden,
Mag auch das Schwert in der Scheide ruh'n,
Bis uns ein neuer Feind
Wieder zu drohen wagt.
Werden wir jetzt sicher und fest
Mit dem Croatien verbunden,
Wagt sich Keiner heran;
Herrscht im Lande Frieden.

Fantasio (für sich).	Was soll ich denken und wie auch handeln,
	Denn eins ist ja klar — sie liebt ihn sehr!
Marinoni (für sich).	Nun kommt die Frage, wie lange wird die Holde
	Komödie spielen? Das dauert gewiß nicht lang!
Croatien.	O freudevoller Tag, also voran!
König.	Nun lieber Freund voran!
	Bald wird der Bund geschlossen.

(Die Herrschaften ziehen ab. Danila wirft einen Blick, halb trotzig, halb ängstlich auf Fantasio. Er merkt es nicht, bleibt zurück, starr auf den Boden blickend: Hofbediente fangen sofort an, den Saal herzurichten.)

Scene VI.

Fantasio.

Fantasio (außer sich). Was nützt mir's, wenn ich sage,
Daß ich Zara bin, da sie ihn liebt!....
Unmöglich, lächerlich will ich ihn machen
Vor dem ganzen versammelten Hofstaat!
Mein soll sie werden! das schwör' ich!

(Stürzt ab. Diener haben einen großen Tisch im Vordergrund hergerichtet, wo später der Kontrakt unterzeichnet werden soll. Soldaten kommen langsam herein und stellen sich im Saale auf.)

Scene VII.

Eintritt des ganzen Hof-Staates.

Soldaten (auftretend). Kriegesgefahr wieder vorbei,
Da ruhen die Bürger in Frieden,
Mag auch das Schwert in der Scheide ruh'n,
Bis uns ein neuer Feind
Wieder zu drohen wagt.
Werden wir jetzt sicher und fest
Mit dem Croatien verbunden,
Wagt sich Keiner heran;
Herrscht im Lande Frieden.

Junge Hofleute (auftretend). Nun gute Soldaten, macht Platz!
Es bringt der Notar den Ehevertrag zur Unterschrift!

(Der Notar erscheint; seine Miene ist sehr wichtig. Er trägt ein Dokument und fängt an am Tische sich zu beschäftigen.)

Notar. Hierher Feder und Tinte und Streusand!
Alle. Kriegesgefahr wieder vorbei
Da ruhen die Bürger in Frieden u. s. w.
Notar. Meldet den Herrschaften nun
Bereit sei das Dokument!
Die Feier kann beginnen!

(Die Herren und Damen des Hofes kommen herein, bilden Gruppen, und besprechen sich eifrig unter einander.)

Ein Hofherr. Also sagt:
Was für ein Mensch ist der Bräutigam?
Andere. Er ist alt schon, und häßlich!
Andere. Ganz abscheulich — und sehr eitel!
Andere. Ach, wie schade!
Wie schad', wenn man sich ohne Liebe vermählt!
Alle. Es ist doch ein Skandal!
Dieses liebliche Kind und ein solcher Gesell!

(Fanfare draußen.)

Alle. Pst! Sie kommen ja! Achtung!

(Trompeter. — Die höchsten Hofbeamten kommen herein. Dann die Herrschaften, die das Podium besteigen. Danila und Croatien grüßen rechts und links. Zu allerletzt Fantasio, präoccupirt, unruhig.)

Alle (mit Begeisterung). Heil, Heil dem hehren Held!
Heil dir, schöne Braut!
Es lebe hoch das edle Paar!
Hurrah! Seid uns gegrüßt. Heil euch!
Ehre, Glück und Frieden sei Euch bescheeret!
Croatien (huldvoll). Freunde, für diesen herzlichen Empfang habt Dank!
Danila (für sich, Fantasio ansehend). Immer noch schweigt er!

Croatien (fortfahrend). Was ich empfinde spricht am besten
hier sich aus.
(Auf einen Wink reicht ihm Marinoni ein Blatt, worauf mit großen Buchstaben „Festlied" gedruckt steht.)

Ein seliger Bund wird heut' geschlossen!
Als Vorspiel diene diese von mir gedichtete Ode!
Selber sie vorzutragen verbietet mir wohl die
Bescheidenheit:
Doch findet vielleicht sich in diesem erlauchten
Kreise
Eine verwandte Seele: Ihr werd' ich den Vortrag anvertrauen!

Fantasio (rasch hervortretend). Herr Graf! Die Dichter sind ja
meistens Narren,
Zuweilen auch ist der Narr ein Dichter;
Das ist bei mir der Fall!
Wenn Ihr also gestattet?....
(Streckt die Hand aus.)

Croatien (ihm das Blatt reichend). Nehmet!
(Fantasio räuspert sich mehrmals, nimmt eine theatralisch-heroische Miene an: trägt die Ode dem entsprechend vor.)

Fantasio. „Fest-Kantate zu Ehren der holden Danila"....
Croatien (beifällig). Famos!
Fantasio (trocken). „Götterweib mit deinen Blicken
Thust du mich bestricken,
Seh' ich deine weißen Zähne,
Rinnt mir heiß die Thräne."
Croatien. Mehr Ausdruck!
(Danila kann kaum ihre Heiterkeit verbergen. Auch der König scheint die Ode etwas sonderbar zu finden.)

Fantasio (sehr süßlich). „Möcht' von deinen Rosenlippen,
Ewig süßen Nektar nippen,
Und an deinem Schwanenbusen
Sanft verdusen, — ver-du-u-u-sen!"

Danila. Ach! wie wunderschön!
Die Stelle möcht' ich nochmals hören, bitte!

Fantasio (wüthend, prestissimo). Götterweib u. s. w.

Croatien (wüthend). Zu rasch, viel zu rasch! Ihr verderbt es ganz!

Danila (zu Fantasio). Elegisch ist's gemeint! langsam! langsam! (für sich) Nein! so leicht kommt Ihr nicht davon!

(Konfusion: Croatien versucht dem Fantasio das Blatt zu entreißen. Die Hofleute lachen. — Endlich entreißt ihm Danila das Blatt.)

Danila. Hör' auf! Genug!....
Was versteht ein Narr von Poesie?
(Zu Croatien.)
Macht selber Knittelverse bloß!
Auch mit der Ode hat's Zeit,
Aber mit dem Bunde hat's doch Eile!

Croatien (für sich). Dieser Narr ist ein frecher Bursch!
Das wunderschöne Gedicht wirkte nicht!

Gräfin. Ach Danila! ich beschwöre dich — es geht zu weit!

Danila (trotzig). Ich führ's zu Ende durch!
Den Kontrakt werd' ich unterzeichnen!
Denn zu guter Letzt muß er doch Alles gestehen!

König. Vorwärts Notar! laßt die Trompeten erschallen!

Fantasio (für sich). Warte, werde schon was Anderes erfinden!
Aber was, aber was soll es denn sein?

(Fanfare auf der Scene. Ein Herold tritt vor — Fantasio schlägt sich plötzlich an den Kopf.)

Fantasio (für sich). Jetzt hab' ich's! Na warte, Croatien!
(Er verschwindet, ohne daß Danila es merkt.)

Herold (liest). „Der Graf von Croatien verpflichtet sich
Zufolge dieses Bundes im Kriegesfall uns beizustehen!"

Croatien u. König. { So lautet der Vertrag zwischen Croatien und Herzegovina!
Danila (entschlossen). So werd' ich den Croatien gerne freien!

(Die Herrschaften steigen vom Podium herunter. Der Notar breitet den Ehekontrakt aus und hält die Feder bereit zum Unterzeichnen. Der König nähert sich dem Tisch. Jetzt erst bemerkt Danila, daß Fantasio fort ist. Sie fährt heftig auf und sieht sich erregt um.)

Danila (zur Gräfin). Mein Gott! Wo steckt er?
Was bedeutet das?

Gräfin (erregt). Fort ist er!

Notar (feierlich zum König, die Stelle zum Unterzeichnen bezeichnend).
Hier, wenn ich bitten darf!

(Der König unterzeichnet; Croatien nähert sich dem Tisch.)

Danila (wie zuvor). Läßt er mich im Stich,
Verloren wär' ich!

Gräfin (wie zuvor). Oft hab ich's dir gesagt,
Zu weit ging der Spaß!

Notar (zu Croatien). Hier, wenn ich bitten darf.

(Croatien unterzeichnet.)

Danila (wie zuvor). Anna! jetzt ist es an mir!
Es bleibt mir nichts übrig!
(trotzig)
Aber merk dir wohl,
Gebunden bin ich immer noch nicht!

Notar (zu Danila). Hier, wenn ich bitten darf!

(Danila unterzeichnet in heftiger Erregung. Gleichzeitig Kanonenschuß hinter der Scene und Hurrahrufe vom Volke.)

Hofleute. Heil, Heil dem edlen Paar!
Nun ist der Bund geschlossen,
Das Volk begehrt
Das hohe Brautpaar zu sehen.

König. Zeigt euch jetzt dem Volke!

Danila (zur Gräfin, ganz außer sich). Weh mir! verloren bin ich!

Croatien (steif, zu Danila). Darf ich Euch führen?

Volk. Heil euch, Heil dem Paar!

(Danila, immer mit den Augen Fantasio suchend, muß den ihr von Croatien angebotenen Arm nehmen, und schreitet mit ihm nach dem Hintergrund zu. Jetzt erscheint Fantasio in der rechts von der Thür sich befindenden Nische. In der Hand hält er eine Kinderangel. Croatien und Danila sind nun unter den Thorbogen gekommen. Mit der Angel fängt Fantasio die Perücke des Croatien und hebt sie in die Höhe. Croatien bleibt regungslos, als ob ihn der Schlag gerührt hätte: er zeigt sich vollständig kahl. Alle schreien laut auf.)

Croatien (erschrocken). Marinoni!

Marinoni. Zu Befehl, Herr!

Croatien. Wie ist mir?

Marinoni (zu Fantasio). Schändlicher!

Fantasio. Das war ein kunstreicher Fang! gelungen fürwahr!

Danila. Ach, der Plan war nicht schlecht! jetzt versteh ich das Verschwinden!

Gräfin. Ach Himmel! gerettet, das liebe Kind!

König. Was seh' ich? diese Frechheit! Der Narr wagt's, so was zu begehen!

Chor. Himmel! diese Frechheit, unerhört! Was wird nun geschehen?

Marinoni erhascht die Perücke und setzt sie dem Croatien wieder auf. Dieser schreitet auf den König wüthend zu.)

Croatien. Jetzt, falscher König, höre! Zwischen uns Ist Alles und auf ewig aus!

König (ebenfalls wüthend). Glaubt Ihr vielleicht, Daß ich diese That befahl?

Croatien. Wohl glaub' ich's! Schmählich habt ihr Alle Von Anfang an mich behandelt!

Danila, Fantasio, Gräfin, Marinoni.	Das ist auch wahr!
König.	Das ist nicht wahr!
Croatien.	's ist wohl wahr!
König.	Garde! bewacht den Narren!
Croatien.	Wer ist dran schuld, daß die Schandthat geschah? Ihr allein!
Chor (leise).	Was wird nun mit der Vermählung?
Danila, Gräfin, Fantasio.	Ach, wie selig bin ich!
Croatien (zu Marinoni.)	Fort will ich gehen, auf ewig!
Marinoni.	Zu Befehl Herr! gleich soll's geschehen!
König (für sich).	Wie gerne wär' ich ihn los! Brauch' ihn aber gar zu sehr!

(Auf einen Befehl von Croatien stürzt Marinoni ab.)

Croatien (außer sich). Feindschaft schwör ich!
Und unser Bund — da liegt er!

(Er zerreißt den Kontrakt, wirft ihn zu Boden und geht ab.)

König (für sich). Wie, er verschmäht uns! Ich lauf' ihm nach!

(Hastig ab.)

Danila und Fantasio. O Seligkeit über Maßen!

Chor. Schrecklich! — wie schrecklich!
Jetzt ist es aus mit dem Bündniß Croatien!

(Alle laufen zu den Fenstern.)

Schon ist er zu Pferd! im Galopp sind beide fortgerast.
Sausen wie der Sturmwind!

(Der König stürzt wieder herein.)

König. Sattelt mir gleich ein Pferd!
Ich hol' ihn noch ein!
Garden! laßt den Narren nicht herunter!
Räumt mir sofort den Saal!....

(Die Hofleute entfernen sich eiligst. Danila lacht hell auf, zieht mit der Gräfin ab. Zuletzt der König. Einige Soldaten gruppiren sich unter der Nische.)

Scene VIII.

Fantasio allein mit der Garde, später die Gräfin.

Fantasio (Er grüßt übermüthig in der Richtung der Fenster).
Laufe nur! Der kehrt euch nicht wieder....
Nun heißt es ihr Herz gewinnen!
Will gleich ihr sagen: „ich liebe dich!
Lieb' dich seit Jahren!
Kennst du nicht deinen Zara!"

(Die Gräfin kommt herein, sie ist sehr erregt, zeigt der Garde einen Ring.)

Gräfin. Garden! die Prinzeß wünscht
Mit dem Gefangenen allein zu sprechen!
Ihr seid entlassen! Den Ring schaut!

(Garde ab; die Gräfin fällt auf die Kniee.)

Verzeiht uns, edler Croatien!

Fantasio (verwundert, für sich). „Croatien"!? Warum nennt
sie mich Croatien?

Gräfin (verlegen). Erst heute früh besagt ein Brief mir,
Daß Croatien in Verkleidung
Um die Braut werben wollte.

Fantasio (für sich). Verkleidet wollt' er werben??
Fantasio! man hält dich für Croatien!
Herrlich!

(Er lacht für sich.)

Gräfin. Hinter dem Narren ahnten wir beide sofort den
Edlen!

              Nun denkt sich Danila auch Euch zum besten
                          zu haben!
              Verbietet mir streng dem König Euren wahren
                          Namen zu sagen!
              Um Euch zu zwingen, es selber zu gesteh'n,
              Machte die Böse dem Andren so sehr den Hof!
Fantasio (für sich). Jetzt versteh' ich Alles!
              Dieser Irrthum soll mir noch dienen,
              Meiner Holden zur Strafe!
                  (Steif zur Gräfin.)
              Diese Schmach verdank' ich also den Damen....!
              Frau Gräfin, ich bitte, holt die Prinzessin.
                  (Gräfin ab.)
                  . . . . (träumerisch)
              Zwei Kinder weilten öfters hier oben,
              Von Liebe plaudernd....
              Eine längst verstummte Saite
              Soll heute noch einmal erklingen....
              ....Ob sie mich dann erkennen wird?....
                  . . . .
(Danila erscheint an der Schwelle. Sie ist sichtlich etwas verlegen.)

                    Scene IX.
                  Danila, Fantasio.
Danila (steif). Nun, der Possen genug!
              Ich bitt' Euch, kommt doch herunter!
Fantasio (höflich). Ich gab mein Wort hier oben zu bleiben!
              Darf daher nicht herunter!
Danila (der Stolz weicht). Ich gebe nach!
              Von oben also erzählt mir
              Was die Komödie heißen soll! bitte schön!
Fantasio. Von oben herab mit Damen zu reden
              Schickt sich nicht!
              Bleibt nur eins! steigt herauf zu mir!

Danila (lachend). Wie? seid Ihr verrückt?
Ich dort hinauf?
Fantasio. Dort ist die Nische frei!
Danila. | **Fantasio.**
Kommt herunter! Ach! ist das | Kommt herauf, sonst red' ich
ein Mensch! | nicht.
Danila (für sich). Soll ich's wagen?....
Fantasio. Nur muthig! herauf zu mir!
Danila (übermüthig). Wohlan! ich steig' hinauf!
(Läuft rasch unter den Thorbogen, wird unsichtbar.)
Fantasio (begeistert). O schön! so ist's recht! doch Vorsicht!
Fallt nicht herunter!
Danila (der Kopf erscheint in der Nische ihm gegenüber).
Seid ohne Sorge, ich falle nicht!
Nicht zum ersten Male versuch' ich die Kletterei!
Fantasio (für sich). Das weiß ich wohl!
Beide. Schon als Kind schwang sie oft sich / ich oft mich hier empor!
(Danila schwingt sich ganz hinauf.... Pause.... Beide sehen sich verträumt in die Augen.)
Danila (für sich). Träume der Kindheit! kehrt ihr mir wieder,
Doch nur, um wieder zu entschwinden!
(Laut.)
Wieder thron' ich hier oben....
Und wieder als Braut!
Fantasio (neckend). Wie! Ihr schwebtet schon öfters
Als Braut in den Lüften?
Danila (träumerisch). Kann sein!....
Fantasio. So bin ich der Erste nicht!....
Danila (lustig). Ach Croatien! Ihr habt mich Arme heute früh
Ein wenig zum besten gehabt!
Nun trifft Euch die Strafe!
Denn jetzt seid Ihr nur
Des wahren Bräutigams Scheinbild!
. . . .

In jener Nische mir gegenüber, vor langer Zeit,
Saß oft der kleine Zara!
Als König thronte er dorten,
Ich als Königin hier!
Dieser Raum war unsre Welt,
Puppen groß und klein
Bildeten unsren Hofstaat!
Ach! das Spiel glich doch auf ein Haar
Dem wirklichen Leben!

Fantasio (sanft). Ihr liebtet Euch wohl sehr?
Danila. Seht hier diesen kleinen Ring!
Den gab er mir, und nahm mir den meinen!
Bewahren sollte ich ihn gut,
Er käme schon wieder,
Um dereinst als Braut mich heimzuführen!....
Entschwunden sind die Kinderträume!....
Fantasio. Danila! gebt mir den Reif!
Danila. Nicht doch!
Fantasio. Wenn ich Euch drum bitte?
Danila (neckend). Mein Wort muß ich halten!
Fantasio. Bin doch ich jetzt dein Bräutigam!
Danila. Nun so geht!
Sucht mir erst den verscholl'nen Zara!
Werft ihm seine Untreue vor,
Entreißt ihm den Ring,
Bringt ihn mir wieder!
Dann, wenn Ihr wollt,
Nehmt diesen Euch zum Lohn!

(Fantasio nimmt von seiner Halskette einen Ring.)

Fantasio. Da hast du den deinen!!
Danila (schreit auf). Wer seid Ihr?
Fantasio. Kennst du mich nicht?
Ich bin dein Zara!

Danila.	Zara, bist du's in Wahrheit!
Fantasio.	Geliebte, ich bin's!
Danila.	⎧ Endlich erkannt! den Jugendfreund,
	⎨ Den Zara hab' ich nun wieder?
Fantasio.	⎩ 's ist wohl dein Zara, der wieder heimgekehrt
	Um Gnade dich fleht!
Fantasio.	Sage: liebst du mich noch?
Danila.	Ob ich dich liebe....!
Beide.	Träume der Jugend, kehrt ihr wieder?
	Ist es kein Wahn?
Danila.	Hab' immer dein gedacht!
Fantasio.	Hast den Zara nicht vergessen?

Danila.	Fantasio.
Hab' stets mir gesagt:	Danila!
„Er liebt dich ja noch,	Du liebst mich noch?
Kehrt dir zurück!"	O sag's noch einmal dem Zara!
Nun bist du da, mein Zara!	Heiß' ihn bleiben
Bleibe, bleibe ewig bei mir!	Ewig bei dir!

. . . .

(Man hört eilige Schritte. Beide fahren auf.)

Danila.	Ich höre Schritte!
	Hilf mir herunter, gleich!
Fantasio.	Zu spät! versteck' dich rasch!

(Danila versteckt sich hinter den Vorhang. Der Hauptmann der Garde kommt herein.)

Scene X.

Vorige, Hauptmann, die Garde und später der König, die Gräfin und der ganze Hof.

Hauptmann. Hoheit! der König kommt!
Die Garde muß wieder herein!
(Er sieht sich verwundert um.)

Fort ist sie! desto besser!
(Ruft.)
Garde! herein!
(Die Garde kommt herein und hat gerade Zeit, sich unten um die Nische herum zu reihen. Der König tritt rasch auf.)

König (zu Fantasio). Trotziger Wicht!
Dir habe ich diese Schmach zu verdanken!
Dank deiner Frechheit jagt der König umsonst
Einem elenden Grafen nach,
Beugt umsonst vor ihm das stolze Haupt!
Eins schwöre ich —
Mit deinem Leben zahlst du den Spaß!.

Danila. (beugt sich anmuthig vor). Vater!
König. Danila!! bist du bei Sinnen?
Danila. Vater! köpfe mir nicht den Bräutigam!!
König. Tod und Hölle!
Fantasio (indessen rasch herunter gekommen). König, hört mich nur an!
Für einen Hofnarren hieltet Ihr mich, nicht wahr?
Recht habt Ihr auch — ganz recht....
Es steht vor Euch der König aller Narren....
(Danila ist auch heruntergekommen.)
Und er heißt....

Danila u. Fantasio. } Zara!!
König. Wie? Was? Wo?
Danila. Ja! der Zara, heimgekehrt!
Fantasio. Daß ich als Hofnarr bei Euch erschien
Sei mein letzter Streich!
Nach meinem Lande kehr' ich zurück,
Besteige den Thron meiner Väter,
Mit dir, König, verbunden,
Fehlt mir nur die Braut!
(Die Gräfin ist auch hereingekommen.)

Danila	Ach Vater, ihm ⎫
Gräfin	Ach König, ihm ⎬ fehlt nur die Braut!
Fantasio.	Ach König, mir ⎭ |//

König (rufend). Herbei! der ganze Hof herbei!

(Alle stürzen herein.)

Notar! bereitet sofort einen neuen Vertrag!
Als Schwiegersohn und Kriegsgenossen
Wähl' ich den Narren . . . . . .

(Allgemeine Bestürzung.)

Den **Prinzen von Zara!**

Chor. Zara! ist es möglich! Es lebe hoch das edle
Paar!

Danila,
Fantasio, ⎫
König, ⎬ Eine Hochzeit giebt es doch!
Gräfin. ⎭

Chor.	**Danila.**
Und für alle Welt gewiß	Fantasio, sei brav als König!
Geschenke und Orden!	**Gräfin.**
Es leben hoch	Wie freut sich nun der gute
Danila und Fantasio der Erste!	König!
	Fantasio.
	Fantasio will ich heißen!
	Fantasio der Erste!
	König.
	Und morgen soll die Hochzeit sein,
	Denn Eile habt ihr gewiß!

Alle. Heil dir, Fantasio der Erste!

Vorhang.

Druck von Breitkopf und Härtel in Leipzig.